KB086107

열
아
홉
의

봄

❀

시작하는 소설, 시소

열아홉의 봄

초판 1쇄 발행 2023년 5월 25일

글쓴이 청예
그린이 나솔
편집장 천미진
편집책임 최지우
편 집 김현희
디자인책임 최윤정
마케팅 한소정
경영지원 한지영

펴낸이 한혁수
펴낸곳 도서출판 다림
등 록 1997. 8. 1. 제1-2209호
주 소 07228 서울시 영등포구 영신로 220 KnK디지털타워 1102호
전 화 02-538-2913 **팩 스** 070-4275-1693
다림 카페 cafe.naver.com/darimbooks
블로그 blog.naver.com/darimbooks
전자 우편 darimbooks@hanmail.net

© 청예, 나솔 2023

ISBN 987-89-6177-313-3 (42810)

열아홉의 봄

❀

글 청예 그림 나솔

다림

내가 어디에 있든지 봄은 왔다.

벚꽃이 피기 시작한 봄날이지만 주변 어디에서도 꽃향기는 나지 않았다. 사방이 돼지고기 냄새로 가득했다. 그러나 오후 7시는 좌절하기엔 너무나 이른 시간이지. 노련하게 날갯짓하는 참새처럼 기름내 사이로 발을 뻗었다. 재빨리 목적지에 당도하자마자 누구보다 크게 외쳤다.

"주문하신 초벌구이 3인분이랑 된장찌개요. 맛있게

드세요!"

두툼한 삼겹살을 내려놓자 손님들이 일제히 함박웃음을 지었다. 달궈진 불판 위에 고기를 한 줄씩 올려놓을 때마다 지글거리는 소리가 균일하게 더해졌다. 식당은 더욱 시끌벅적해지고 사람들은 더 빠르게, 더 많이 나를 향해 손을 들었다. 여기저기에 고기를 서빙하고 음료를 전달했다.

노동의 보람을 느끼기에는 지나치게 바쁜 환경이었다. 그럼에도 나는 잘 익어 가는 붉은 얼굴들을 바라보는 일이 싫지 않았다.

딱 이런 순간만 빼고.

"아가씨, 우리가 고기를 익히다가 태웠는데 새걸로 바꿔 줘."

"고기 추가 말씀하시는 거죠?"

"아니, 태워서 못 먹게 됐다니까? 이거 먹지도 않았는데 뭘 또 돈을 받아."

"죄송하지만 이미 테이블에 서빙된 고기를 교환해 드리지는 않아요."

"알바라 그런가, 융통성이 없네. 사장한테 가서 내 말 전달해."

불쾌하게 한잔을 걸친 중년이 말끝마다 손가락질을 했다. 그는 점점 언성을 높이더니 신경질적으로 젓가락 한 짝을 탁탁 내리쳤다. 그 소음에는 마치 칼 심이 박혀 있는 것만 같아서 나는 등줄기를 찔린 고양이처럼 괴로운 표정을 지었다.

그러나 삼겹살 한 줄을 더 받아 내고자 하는 손님의 욕심은 나의 고통을 사뿐히 지르밟았다.

"뭘 똥 씹은 얼굴로 보고 있어? 에이 씨, 빨리 바꿔 오라니까!"

결국 소란을 듣다못한 사장이 상황을 중재했다. 사장이 하는 말과 내가 하는 말에는 딱히 차이가 없었으나 우습게도 진상 손님의 태도는 전혀 달랐다. 윽박을

지를 땐 언제고 사장에게는 목소리 데시벨을 낮추어 고분고분 부탁했다. 매우 공정하고 합당한 요구를 하는 것으로 여겨질 정도였다.

"손님, 무상 교환은 불가하니, 추가분만 20% 할인해 드리겠습니다."

"이제야 말이 좀 통하네요. 그렇게라도 손님을 배려해 달란 거였죠. 저 아가씨는 말귀를 못 알아먹더라고요. 쯧!"

사장의 지시에 따라 금방 새 고기를 가져와 서빙했다. 그는 접시를 받으면서도 나를 위아래로 훑어보았다. '거봐! 내가 이겼어.' 유치한 기싸움이었다. 단지 알바라는 이유만으로 나쁜 말을 하지 않았음에도 미움을 받은 게 억울했다. 그들의 테이블 옆 창문 밖으로 커다란 벚나무가 보였다. 어둠에 지지 않고 분홍으로 빛나는 그 나무를 위안 삼아 나는 고개를 돌렸다.

공연히 채소 코너의 상추를 만지작거리며 마음을 추

슬렀다. 혹시라도 눈물이 흐르면 재빨리 깻잎으로 닦아 버려야지.

"이리로 와 봐. 대화 좀 해."

사장이 나를 향해 손가락을 까딱거렸다. 자연히 아랫배 앞으로 두 손을 공손히 포갠 다음 죄인처럼 다가갔다. 무슨 말이 나올지 안 봐도 유튜브였다.

"방금 상황 정도는 알아서 해결하면 안 돼? 나 바쁘잖아."

"죄송해요. 잘 말씀드렸는데 계속 우기셔서……."

"손님이 고기를 안 태우게 미리미리 잘 봤으면 좋았잖아. 아니면 고기 한 줄 정도는 새걸로 바꿔 주고 네 알바비에서 제외하던지. 그 정도 융통성은 있어야 해."

"죄송합니다."

"어휴, 네가 일을 똑바로 못하면 너 같은 애들이 다 욕먹는 거 알지? 나는 괜찮은데 어디 가서 남들한테 미움받을까 봐 그래."

"……."

"내 말 무슨 뜻인지 알 거야. 다 너 생각해서 하는 말이야."

깻잎 두 장을 미리 챙길 걸 그랬다. 눈물이 흐르려하기에 아랫입술을 살짝 깨물어 겨우 참았다. 울지 않아야 했다.

사장이 내게 습관처럼 하는 말이 있었다. 다른 가게보다 시급이 무려 '500원'이나 더 비싼 곳이고, 이런 곳에서 반년째 일하는 '나 같은 애'에게는 그 이상의 책임감이 필요하다는 것이다.

만 18세. 보호 종료 청소년이 돼 보육원에서 퇴소한후부터 지금까지, 생활비를 한 푼이라도 더 벌어야 하는 나는 500원이 아쉬웠다. 다른 곳에서 일하면 똑같이 일하되 500원을 덜 받고, 이곳에서 일하면 수모를 겪지만 500원을 더 받았다. 학이 날아오르는 동전 하나를 생각하며 참았다.

쉽게 나약해져서는 안 되니까, 강해져야만 하니까. 이런 일을 당하더라도 버텨야만 했다. 그래야만 살아지는 인생이었다. 하지만 사장에게 한 번쯤은 묻고 싶었다. '나 같은 애'가 과연 무엇을 의미하는지. 고기처럼 그의 입 속에서 질겅질겅 씹힌 말에는 어떤 뜻이 있는 건지.

밤 10시가 돼서야 지옥의 돼지고기 구덩이에서 탈출했다. 정수리 끝까지 꼼꼼하게 기름 냄새가 배어 있었다. 길거리를 걸어 다니는 고기가 된 기분이었다.

"어디서 삼겹살 냄새 난다. 야식 당기게."

밤 산책을 하는 사람들은 내 곁을 지나며 지글지글 익는 삼겹살을 상상했다. 손을 잡은 연인이 집으로 돌아가면 배달을 시켜 먹자며 시시덕대며 스쳐 가기도 했다. 비록 어여쁜 풍경에 고기 냄새를 묻히는 게 부끄러웠지만 나도 그들처럼 웃어 보려 애썼다. 텅 빈 주머니에 손을 찔러 넣고 열심히 발을 움직였다.

밤은 아직 봄이 온 줄 모르는지 자꾸만 내 얼굴에 찬 바람을 불어 댔다. 달음박질할 때마다 눈이 시렸고, 눈꼬리에는 눈물방울이 주렁주렁 맺혔다. 아르바이트가 힘들어서 우는 것이 아니었다. 그저 밤바람이 차가워서 우는 것뿐이지.

미소를 지으면서도 희한하게 서글프다는 생각이 들었다.

'참으로 이상한 마음이네.'

단지 그렇게 생각하며 더 빠르게 집으로 달아났다.

*

옥탑방 1,000/30.

내 집이 어떻게 생겼는지 굳이 설명하지 않아도 충분했다. 간결한 단어와 숫자가 모든 걸 보여 주니까.

보호 종료 후 지급받은 자립 지원금은 1,500만 원이었다. 복지사님은 작년에 비해 500만 원이나 올랐다며 다행이라 말씀하셨다. 하지만 500만 원을 더 받아도 여전히 시급 500원을 놓지 못하고 있다.

과연 무엇이 다행일까.

세상에 첫발을 내디딘 순간 깨달은 것이 있다면, 집에는 가격표가 붙어 있다는 사실이다. 나는 1,500만 원의 일부를 써서 옥탑방을 구했다. 신축 원룸은 1,500만 원을 모조리 주어 봤자 사지도, 빌리지도 못했다. 이미 안락한 둥지를 소유한 어른들은 깃털이 덜 자란 새와 흥정하지 않았다. 계약 후 남은 돈으로는 옷장과 서랍장, 노트북 한 대, 몇 벌의 옷과 자잘한 생필품을 샀다.

15,000,000으로 시작하는 삶은 나열된 0의 개수와 걸맞지 않게 무척이나 단출했다. 물건을 하나씩 살 때마다 줄어드는 0을 보며 나는 삶의 주인공' 자리를 박탈당하는 기분이 들었다.

그렇지만!

헐벗은 옥탑에 살아도 나의 청춘은 드높은 탑이 돼 하늘에 닿기를. 바닥에 앉아서 좌절만 하고 있기엔 인생이 아까웠다. 보육원을 퇴소하던 날, 복지사님이 손을 잡아 주며 하신 말을 잊지 않았다.

"너는 충분히 잘 살 수 있어. 포기하지 마."

서럽고 지칠 때, 그러니까 딱 오늘 같은 날마다 그 음성을 머릿속에 여러 번 반복했다. 작은 옥탑방에서 옷을 갈아입고, 간단하게 저녁을 챙겨 먹은 뒤 금방 다시 현관문을 열었다.

아직 내가 포기하지 않았다는 걸 보여 줄 시간이었다.

초록 페인트로 칠해진 바닥 정중앙에 섰다. 작은 평상 위에 휴대폰을 올려놓고 마돈나의 Vogue를 재생했다. 세련된 리듬이 흘러나왔다.

"아까보단 덜 쌀쌀하네."

찬찬히 팔다리를 풀었다. 고단한 귓가에 음악이 스며들자 비로소 나의 멋진 밤이 시작됐다.

저 멀리에 보이는 보름달을 응시하며 팔을 곧게 뻗었다. 이윽고 다리를 리듬에 맞춰 움직이며 마치 모델처럼 포즈를 취했다. 유연하게 허리를 꺾고, 또 골반을 튕기며 움츠려 있던 몸을 해방했다. 가장 자유로운 몸짓만 골라 경쾌하게 쌓아 올렸다.

무엇이든 될 수 있다. 요염하게 움직이는 공작, 가슴팍을 자랑하는 독수리, 나의 몸짓은 무엇에도 속하지 않은 채 밤공기를 헤집었다. 어디에도 구속받지 않는 자유로운 춤사위. 그럼에도 아름다움을 포기하지 않는 고집.

나는 보깅 댄스를 사랑한다.

오늘 본 벚나무를 떠올리며 산들거리는 몸짓을 구현했다. 바람이 나를 응원하듯 계속 불어오며 땀을 식혀주었다. 누구도 보지 않는 춤이지만 머리 위의 별들이

관객이라 생각하고 최선을 다해 움직였다. 한 번 더, 또다시 한 번 더.

나는 비로소 피어나고 있었다.

춤을 출 때만큼은 내게도 봄이 왔다.

"하이고야, 오늘도 춤바람이 났네."

집주인 아줌마의 목소리가 음악 사이로 불쑥 등장했다. 서둘러 춤을 멈추고 허겁지겁 머리칼을 정리했다.

"쿵쿵거려서 올라와 봤지. 이불도 털 겸."

"죄송합니다."

"괜찮아, 흐흐흐."

아줌마는 무안해하는 나를 보고 손사래를 치며 자신을 신경 쓰지 말라고 했다. 옥상에서 내가 밤마다 춤 연습을 한다는 걸 들킨 이후로 아줌마는 수시로 올라왔다. 이불을 턴다는 말이 핑계라는 건 이미 알고 있다. 지나치게 정이 많은 그녀는 내가 보육원 출신이란 사실을 안 뒤부터 부쩍 관심을 가졌다.

"밥은 먹었고?"

"네, 먹었어요."

"대회에 나간다고 했었지?"

"네, 힛더볼요."

"근데 춤이 너무 남사스러운 거 아니야? 여자 춤도, 남자 춤도 아닌 것이."

나는 멋쩍게 뒤통수를 긁적거리며 웃음으로 무마했다. 아무래도 남은 연습은 방에서 해야겠다.

✳

샤워를 마치고 책상에 앉으니 하루가 다 끝난 자정이었다. 늘 어제를 고갈하고서야 일기 한 줄 적을 수 있는 오늘을 얻었다. 내게 여유란 항상 다음날로 미뤄지는 시간이었다. 책상 앞에 놓아둔 캘린더를 들고 와 새로 산 형광펜을 집었다. 다이소에서 1,000원짜리만 사다 큰마음을 먹고 산 3,000원짜리 파스텔 형광펜이었다. 오늘 날짜에 크게 동그라미를 친 뒤 적었다.

'힛더볼 D-7'

초등학생 때 나는 휴대폰이 없었다. 학교에 가면 친구의 휴대폰을 빌려서 유튜브 영상을 봤는데, 우연히 마돈나의 'Vogue'라는 투어 무대 영상을 보았다. 그들은 '보깅 댄스'라는 춤을 추었다. 백업 댄서와 가수의 구분이 허물어지고, 성별의 경계가 사라지는 이상한 춤이었다. 모두가 모델이 돼 스테이지 위를 런웨이처럼 누비며 몸을 움직였다. 그것이 나의 첫 춤이고, 두 눈으로 목격한 첫 자유였다.

그 후로 마돈나의 몸짓을 자주 회상했다. 하교 후 보육원으로 돌아갈 때면 그녀처럼 당당하게 걸어 보며 들리지 않는 음악을 상상했다. 어른들은 어른만의 사정으로 나에게 혀를 차고, 아이들은 아이만의 룰로 나를 배척했지만 춤을 추는 순간만큼은 아무에게도 구속받지 않았다. 세상의 틀 밖으로 멀리 비상했다.

'서영아, 네 사정을 네가 제일 잘 알잖아. 공부를 해야 하지 않겠어?'

때때로 사람들은 나의 몸짓을 막으려 했다. 눈썹을 팔자로 휘어뜨리며 안쓰럽다는 얼굴로 사방에 바리케이드를 세웠다. 그럴 때마다 나는 보육원의 마당에서, 학교의 옥상에서, 동네 공터에서 보깅 댄스를 췄다. 사람들이 내게 던지는 걱정과 동정, 혹은 위선. 그 애매모호한 감정들 위에서 보란 듯이 턱을 치켜들었다. 그 덕에 중고등 보깅 대회에서는 금상을 수상했다.

이제 나는 더 먼 미래를 위해 힛더볼에서 우승해야만 한다.

수도권에서 가장 크게 개최되는 보깅 배틀 '힛더볼'에서 우승하면 큰 상금을 얻고, 유명한 보깅 크루에도 들어갈 수 있다. 해당 크루는 정기적으로 공연을 개최

하며 엔터테인먼트 기업과도 연계돼 있다. 그곳에 소속되는 일은 나의 오랜 꿈이었다. 마돈나처럼 세계를 누비는 내 모습을 줄곧 상상해 왔다.

안타깝게도 시간이 지날수록 용기보다는 두려움이 더 커졌다. 얼마 전 SNS에서 라이벌 채연이 올린 영상을 보았다. 화려한 옷을 입고, 근사한 조명이 갖춰진 연습실에서 보깅을 추는 그 애는 이미 완성된 아티스트 같았다. 비록 중고등 대회에서는 내가 이겼지만, 이번은 다를지도 모른다.

└ 무대 그냥 찢어 버려!
└ 어차피 우승은 홍채연.
└ 우리 공주 사랑해♥ 항상 응원할게, 파이팅!

수많은 사람이 그 애를 응원했다. 어찌 보면 당연했다. 들기로 그 애에겐 이미 크루가 있었다. 모든 게 갖

취진 상태에서 명예까지 얻기 위해 대회에 참가했다. 수많은 강사와 친구들의 사랑을 담뿍 받는 존재가 부러웠다.

채연이 넘치는 사랑 속에 반짝이며 타오르는 동안 나는 시간을 쪼개어 고기를 서빙했고, 쌈 채소를 씻었다. 반짝이는 손톱도, 유행하는 옷 한 벌도 갖지 못했다. 낳아 놓기만 하고 책임지지 않는 무책임한 어른의 얼굴을 떠올리며, 그들의 뒷덜미를 내리치는 상상을 했다. 가끔은 참을 수 없는 분노와 서러움이 치밀었고, 입술을 잘근잘근 씹어도 해소되지 않았다.

열심히 살아도 나는 좀처럼 자유롭지 못했다.

그 점이 나를 미치게 했다.

이럴 때마다 두 손을 모으고 눈을 감았다. 종교는 없지만, 신이 있기를 간절히 바라며 속으로 되뇌었다. 부디 내 마음에 피어나는 어두운 소용돌이를 거두어 달라고. 누군가를 미워하지 않고 오로지 나의 힘으로 빛

날 수 있게 해 달라고.

이 현실과 상황으로부터 내 마음이 자유로워지기를, 남들처럼 사랑하고, 사랑받는 사람이 되기를 원했다. 아무도 미워하지 않기 위해 나는 힛더볼에서 반드시 우승해야만 했다.

잠시 열어 둔 창 너머로 차가운 바람이 불어왔다. 가볍게 몸을 떨며 추위를 쫓고선 재빨리 이부자리 속으로 숨어 버렸다.

눈물이 흐르기 전에 눈을 감아도 슬픔이 뒤따라오는 걸 막을 순 없었다.

*

지역 센터에서는 월 1회, 무료로 연습실을 빌려주었다. 예약한 시간은 오후 6시부터 10시까지인데 딱 아르바이트와 겹쳤으나 이날을 위해 큰마음을 먹고 하루

일을 뺐다. 사장이 나를 훑으며 못마땅해 죽겠다는 표정을 지었지만, 눈으로 빤히 보이는 모욕까지 감수하며 부탁했다. 힛더볼 대회 전에 한 번 정도는 연습실에서 내 모습을 점검하는 일이 꼭 필요했기에.

하지만 오전 8시부터 일어날 필요는 없었다. 이부자리를 뒤척이다 엉덩이 사이로 불쾌한 습기를 느끼곤 벌떡 일어났다.

"제발, 제발!"

떨리는 마음으로 이불을 들어 올렸다. 아니나 다를까 새빨갛게 물든 핏자국을 보자 탄식을 뱉고 말았다. 정말이지 욕이 나오는 상황, 졸린 눈을 비비며 주기 앱을 확인했다. 오늘은 전혀 생리 날이 아니었다. 자궁에는 제2의 자아가 있는 게 틀림없었다. 그것도 아주 악랄한! 늘 예상하지 못한 순간에 엿을 주니까.

새 이불을 사려면 얼마가 필요할지 머릿속에 숫자부터 떠올렸다. 부디 손빨래로 해결되길 바랐다.

서랍을 열어 생리대 칸을 확인해 보니 턱없이 부족했다. 참을 틈도 없이 한숨이 새어 나왔다. 통장 잔고는 바닥에 눌어붙은 듯이 납작했다. 여기에 생리대까지 사야 한다는 현실이 갑갑했다. 속 시원하게 육두문자를 뱉고 싶었다.

그때 초인종이 울렸다.

"나야, 문 열어 봐."

인터폰 너머로 뭔가를 잔뜩 가져온 주인집 아줌마가 보였다. 욕실로 이불을 황급하게 던진 뒤 재빨리 문을 열었다.

"별건 아니고 반찬이랑 옷가지 좀 주려고."

아줌마는 곧바로 현관에 물건들을 잔뜩 내려놓았다. 철 지난 옷이 후두두 쏟아지고, 새빨간 반찬통이 옆에 쌓였다.

"반찬 없지? 겨울옷도 없을 거 아니야."

"앗, 감사해요. 그런데 지금은 봄인데……."

"놔뒀다가 다음 겨울에 입으라고 가져왔지. 큰딸 옷장 정리하다가 안 입는다고 해서. 걔는 자기가 얼마나 복 받았는지를 몰라! 네가 내 딸이었으면 나한테 삼보일배를 했을 텐데. 그렇지?"

옷가지를 들어 올려 하나씩 살펴보았다. 새 옷은 아니었기에 팔꿈치와 겨드랑이가 조금씩 늘어져 있었다. 겉면에는 자글자글한 보풀이 올라와 있고 크고 작은 얼룩도 보였다. 사이즈는 한눈에 보아도 내 몸보다 한 치수씩 컸다.

어떤 표정을 지어야 하나. 애매모호하게 입꼬리를 겨우 올린 채로 반찬통을 열었다. 새빨간 고추장아찌와 무김치였는데 이미 익을 대로 익어 버려 시큼한 냄새가 확 풍겼다.

"너 이렇게 챙겨 주는 사람 아줌마밖에 없지?"

"감사해요……."

최선을 다해 뺨을 끌어 올려 웃어야만 했다. 원하지

않는 것을 받아도 베푸는 사람들에겐 감사를 표하는 게 예의였으니.

보육원에서 지내던 시절, 원장님을 도와 매달 기부 물품을 정리했었다. 거기엔 누군지 모를 아이돌 CD 박스와 해진 옷, 유통 기한이 지난 즉석식품이 종종 있었다. 우리 중 누구에게도 필요하지 않은 것임에도 차곡차곡 물품을 소화해야만 했다. 단지 우리가 '받는 위치'라는 사실로 인하여.

몇몇 어른들은 누더기를 기부하면서도 기부 영수증을 발급해 달라고 우겼다. 때로는 고맙게 생각하지 않냐며 되묻기도 했다. 그런 말을 들은 날에는 밥을 먹어도 마음이 허했다. 그들은 자신이 편리한 방식대로만 우리를 대했다. 물론 소수의 이기심과 달리, 대다수는 선량한 마음으로 우리를 도왔다. 그러므로 우리는 감사한 다수를 위해 소수를 감내해야만 했다.

우리를 바라보지 않은 채로 던져지는 도움은, 때로

는 상처가 됐다. 지금 이 순간처럼.

"아줌마가 너 걱정돼서 챙겨 온 거야. 넌 맨날 밤마다 옥상에서 이상한 춤이나 추고, 대학도 안 가고, 어쩌려고 그러니?"

호의라는 이름 밑에 숨어 있는 마음이 우월 의식과 맞닿아 있다. 아줌마는 나보다 나를 돕는 자신을 사랑했다. 동정이 가득한 그녀의 눈 속에 나는 그저 초라한 존재였다.

고개를 들기가 어려웠다.

"요즘엔 이것저것 복지 혜택이 많던데. 너희는 편하게 살아서 좋겠네!"

아줌마는 우리의 삶 겉면의 가장 얇은 보호막을 '혜택'이라 표현했다. 자립 지원으로 주어지는 도움은 많지만, 모두가 누릴 수 있는 건 아니었다. 그것들은 우리가 한 번도 배운 적이 없는 복잡한 서류와 절차를 요구했다. 전세가 뭔지, LH 임대 주택이 뭔지, 교과서에서 배우지 않은 단어들이 계약서에 빼곡했다. 때때로 지원은 전혀 손이 닿지 않는 곳에 숨어 있었다. 물론 그것들을 다 누려서, 삶의 외피가 조금 두꺼워진다 해도, 아줌마가 경계할 정도로 삶이 부유해지는 건 아닌데 당신은 무엇을 염려하는 걸까.

나는 잘 살면 안 되는 존재인가.

대학에 진학하지 않는 것, 매일 옥상에서 춤을 추는 것. 그 뒤편에 어떠한 사정이 있는지 아줌마는 몰랐다.

월 30만 원짜리 방을 찾는다고 했을 때 부동산 중개인이 내게 보내던 눈빛과 아줌마의 눈빛이 비슷했다. 동년배끼리 통하는 게 있는 걸까. 아니다, 나이가 문제가 아니라는 걸 알고 있다.

나를 쉽게 판단하는 사람들이 모두 비슷한 얼굴을 하고 있을 뿐이다.

아줌마는 스스럼없이 신발을 벗고 부엌으로 향하더니, 냉장고를 열고서 혀를 찼다.

"빨리 시집가려면 요리라도 잘해야지. 이러면 못써."

"저 이제 열아홉인걸요."

"일찍 결혼해야 인생 피지."

"제가요?"

아줌마는 세상에서 가장 가여운 미생물을 바라보는 얼굴로 내게 다가와 두 손을 잡았다. 측은함이 담뿍 담긴 얼굴은 심장을 쿵쿵 뛰게 만들었다. 사지도 않았는데 덤으로 얹어진 동정은 이른 아침의 졸음을 모두 쫓아냈다. 온몸이 후끈하게 달아올랐다.

"네가 혼자서 잘 살기는 아무래도 어렵잖아."

아줌마의 두 손을 뿌리치는 상상을 했다. 집 밖으로 쫓아내고 두 번 다시 찾아오지 말라 소리치는 나를 떠올렸다. 하지만 현실의 나는 아무것도 하지 못했다.

아줌마는 도움을 주려고 여기에 온 걸까. 저렴한 유희를 즐기기 위해 이곳에 온 건 아닐까. 그녀는 스포츠를 하고 있는지도 모른다. 내 처지가 자신보다 아래에 있다는 사실, 그 격차에서 어떠한 승리감을 느끼고 있다. 원하지 않은 물품들을 쏟아 낸 후 흡족해하며 손을 털었다. 나는 폴폴 풍겨 오르는 흰 먼지가 돼 습관처럼 입술만 깨물었다.

주저앉은 방바닥이 차가웠다.

봄이 아직 나의 집까지 오진 못했나 보다.

가벼운 옷차림이었는데도 발걸음은 가볍지 않았다. 점점 더 많아지는 거리의 벚꽃들이 야속해 보여 괜히 더 깊게 팔짱을 꼈다. 하필이면 센터로 가는 길에 고깃집이 있다. 혹시라도 사장과 마주칠까 봐 모자를 꾹 눌러쓰고 잰걸음으로 걸었다.

세상에 잔인한 어른만 있는 게 아니란 건 알고 있다. 나를 사랑해 준 사람들도 존재했다. 그들은 내가 더 넓은 세상으로 가면, 더 많은 기회를 만날 거라고 했다. 분명 어떠한 만남은 아주 커다란 기쁨이 돼 줄 거라며.

그러나 내게 알맞은 기쁨은 찾기 어려웠다. 최선을 다해 손을 뻗었으나 돌아오는 건 위선적인 태도였다. 나를 위한다는 말들에는 색이 어여쁜 가시가 박혀 있었다. 그들은 가시를 내밀면서도 마치 꽃을 선물하는 듯이 행동했다. 그 행동들에 기죽지 않고 꿋꿋이 버텨야 하는 건 오로지 내 몫이었다.

힛더볼에서 우승하면 달라질까? 세상은 작정이라도 한 듯이 나를 미워하고 있잖아. 그러고선 유연하게 받아들이지 못하는 내 탓이라 손가락질하잖아.

고깃집 사장, 집주인 아줌마, 그리고 부동산 중개인까지. 어른들은 내가 어떤 사람인지 몰랐다. 동정의 껍데기를 벗겨 내면 서늘한 마음이 가득했다. 그건 분명 미움, 모두가 나를 미워했다. 다들 나를 싫어했다. 나는 요즘 들어······.

세상을 사랑하기가 힘들었다.

세상이 밉고, 사람이 밉다. 사실은 나 자신이 가장

미웠다.

눈을 감고, 숨을 깊게 들이마시며 무대 위의 마돈나를 떠올렸다. 세간의 구별에 감히 응하지 않던 몸짓들을 회상하며 아름다운 스테이지 위에 나를 올려 보았다. 이 간단한 상상을 통해 나는 위로를 자급자족했다. 발밑이 온통 질퍽한 구정물이어도 아직은 빠지고 싶지 않으니.

주먹을 꼭 쥐고 더 깊게 봄 공기를 들이마셨다.

"됐고, 연습이나 하자!"

나부끼는 꽃잎 몇 장이 눈치 없이 어깨에 내려앉았다. 나는 차마 분홍에게 화를 낼 수가 없어 옷만 툭툭 털고 말았다.

*

대관을 예약한 연습실에서 음악이 울려 퍼지고 있

었다. 분명 며칠 전까지만 해도 단독 예약인 걸 사이트에서 확인했는데, 누가 온 것일까. 곤란한 얼굴로 재빨리 문을 열었다.

검정 크롭티를 입고 누군가 춤을 추고 있었다. 그 애가 고개를 돌릴 때까지 신발장 옆에서 한참을 바라보았다.

라이벌 채연이었다.

"안녕."

"네가 여기 왜 있어?"

"나도 대관 예약했어. 시간이 겹쳤나 보네."

"그게 무슨."

당장 휴대폰으로 사이트를 확인했다. 예약자 이름난에 '홍채연'이 추가돼 있었다.

"담당자가 실수했나 보지 뭐."

곤란했다. 오늘 대관을 놓치면 힛더볼 대회 전에 연습실을 사용할 수 있는 기회가 없었다. 당장 형편에 유료로 대관하는 건 욕심이었기에 어떻게든 오늘 이곳을 사용해야만 했다.

개인 레슨까지 받는 애가 대체 왜 여기에 온 걸까. 그것도 하필이면 오늘! 좋은 사운드 장비들이 갖춰진 스튜디오를 충분히 사용할 수 있는 채연이 지역 센터 연습실에서 춤을 추고 있는 게 탐탁지 않았다.

더군다나 우린 친하지도 않았다.

"이렇게 된 김에 같이 연습해 보는 건 어때?"

"난 오늘이 아니면 연습실에서 셀프 체크할 기회가 없어. 나한테는 춤 선을 확인해 볼 마지막 기회야."

"그럼 30분만 같이 쓰자. 뒤 시간엔 빠져 줄게."

"하필이면……."

"라이벌 실력을 미리 확인할 수 있잖아. 서로에게 기회야."

채연은 나와 한 공간에서 춤을 춘다는 사실이 전혀 불편하지 않은 듯했다. 오히려 박자에 맞춰 연신 고개를 까딱거리며 리듬을 탔다. 조금 약이 오를 정도였다. 영 내키지 않았지만, 당장으로선 어쩔 도리가 없으니 딱 30분만 함께 춤을 추기로 했다.

"선곡 권한은 너한테 줄게."

호의를 베푸는 그 애를 눈으로 힐끔 훑었다. 머리부터 발끝까지 값비싼 스포츠 브랜드 의류를 착용했다. 반면 나의 몸에는 어떤 로고도 없었다. 타인과 자신을 비교하고 싶어서 비교하는 사람이 어디 있겠는가. 나역시도 이런 생각을 하고 싶지 않았지만 자꾸만 주눅이 들고 마음은 위축됐다.

음악을 선곡하고 가볍게 몸을 풀었다. 힛더볼 경연은 선곡을 미리 공개하지 않기에 100% 프리스타일로 보깅을 진행한다. 이를 대비하기 위해서 나 역시 다양한 곡으로 연습했다. 즉, 채연과 나는 무작위 곡에 맞춰 즉흥적으로 동작을 만들어 가야 했다. 예비 배틀이나 다름없었다.

전신 거울 앞에 나란히 선 둘의 모습에 긴장감이 감돌았다. 바싹 말랐던 손바닥이 찌릿찌릿했고 조금씩 땀이 배어 나왔다.

이윽고 우리는 너 나 할 것 없이 팔을 뻗었다.

채연과 나는 음악에 맞추어 서로를 마주 봤다. SNS에서 봤던 영상보다 실전에서 나를 도발하는 몸짓이 훨씬 더 다채로웠다.

채연은 오리처럼 걷고, 나비의 날갯짓처럼 손을 이리저리 흔들고, 때로는 앙칼진 고양이의 표정으로 기술을 선보였다. 나도 매일 연습했던 것들을 쏟아부었다. 개인기라면 지지 않을 자신이 있었다. 내가 좋아하는 댄서들처럼 허리를 뒤로 젖히고, 팔을 꺾으며 몸짓을 과시했다. 사방이 막혀 있는 연습실이 스테이지로 변했다. 채연은 지난 대회에서 보았던 모습보다 훨씬 더 성장해 있었다.

라이벌을 응원하던 무수한 사람들의 댓글이 떠올랐

다. 어디서든 사랑받고 부모의 전폭적인 지원까지 받는 존재. 온몸에 박혀 있는 값비싼 로고들이 채연의 움직임에 따라 반짝거렸다.

'이런 애가 우승하는 게 더 멋진 그림이겠지?'

문득 자각했다. 지금 내 앞에서 당당하게 반짝이는 너와 내가 동등한 존재가 아닐지도 모른다는 걸.

너도 라이벌인 나를 미워하고 있겠지? 좋아할 리는 없으니까. 어쩌면 라이벌임에도 불구하고 나를 우습게 여길지도 모른다. 퀴퀴한 단상들이 또 머리를 어지럽혔다. 온몸이 눈에 띄게 굳어 갔다.

음악이 꺼짐과 동시에 두 팔을 축 늘인 채 주저앉았다.

"야, 이서영."

채연은 그런 나를 날카롭게 불렀다. 손을 허리춤에 올리고 못마땅한 표정까지 짓고 있었다.

"왜."

"너 내가 우스워?"

"무슨 소리야."

"왜 음악 끝날 때 봐준 건데?"

"봐준 적 없어."

"최선을 다하지 않았잖아."

"그날이라 컨디션 안 좋아서 그래."

변명으로 무마하고 고개를 돌려 버렸다. 막판에 집중을 놓아 버린 사실을 상대에게 모두 들켰단 점이 뜨끔했으나 최대한 놀라지 않은 척을 했다.

어깨 너머로 음료수 한 캔이 쑥 들어왔다.

"마셔. 너 주려고 샀어."

"나 주려고?"

"사실 거짓말한 게 있어."

나는 음료를 받아 들었다가 냉큼 바닥에 내려놨다. 무슨 거짓말을 했다는 건지 감이 잡히지 않았으나 일단은 미간을 팍 찌푸렸다.

"무슨 거짓말?"

채연이 가방에서 집업을 꺼내 챙겨 입고선 나갈 채비를 하며 말했다.

"너랑 붙어 보려고 일부러 이 시간에 예약했어. 담당 직원한테 너랑 나랑 같은 크루니까 동시에 연습해도 된다고 뻥쳤어."

"뭐?"

배틀을 해 보기 위해 거짓말로 같은 시간을 예약했다니. 어쩐지 이상하다 했다. 채연이 이런 허름한 연습실까지 굳이 찾아올 필요가 없었다.

상대가 나를 똑똑히 응시했다. 희미한 웃음을 띤, 낯선 얼굴이었다.

"이번엔 널 진심으로 이기고 싶어."

"날 이기고 싶어서 내 연습 시간을 뺏은 거야?"

"30분 뺏은 건 미안해. 그건 사과할게. 네가 너무 유력한 우승 후보니까, 미리 한 번 보지 않으면 견딜 수가 없을 것 같았어. 이런 말 하는 거 자존심 상하지만 넌 내 경쟁자들 중에 제일 잘 추거든."

음악이 꺼진 연습실에선 숨소리마저도 크게 들려왔다. 채연의 목소리와 잠깐의 침묵이 선명한 대비를 이뤘다. 나는 30분을 뺏겼음에도 불구하고 이상하게 화가 나지 않았다. 채연이 가방에서 비니를 꺼내 머리 위에 푹 눌러썼다. 자존심이 상한다고 말하면서도 눈에는 건강한 빛이 가득했다.

부끄럽기도 하고, 당황스럽기도 해서 무어라 답을 하지 못했다. 채연은 내가 바닥에 내려 둔 음료를 직접 다시 집어 건네주었다.

"넌 내가 태어나서 처음으로 꺾고 싶다고 느낀 보깅 댄서야. 질투 나니까 봐주지 마."

채연은 나의 답을 기다리지 않았다. 곧바로 등을 돌려 연습실을 나가 버렸다.

음료 캔만 든 채로 뒷모습을 바라보았다. 몸이 굳은

걸까, 입이 굳은 걸까. 고민할 필요는 없었다. 입은 굳지 않았으니. 이상하게 입꼬리가 움찔거렸다. 배시시 삐져 나오는 웃음을 참지 못했다. 라이벌에게 인정받은 게 기뻐서? 아니었다. 라이벌 채연보다 여전히 내 춤이 더 뛰어나서? 그것도 아니었다.

'보깅 댄서야.'

채연의 평가였다. 그 애의 눈에 나는 그저 보깅 댄 서였다. 미숙한 알바, 불쌍한 세입자, 세상 물정 모르 는 바보가 아니라 댄서. 내가 그토록 바랐던 모습이었 다. 나를 꺾고 싶다는 말만큼은 미움이 아니었다. 이글 이글 타오르는 승부욕과 질투. 그것은 최소한 나를 자 신과 동등한 존재로 인정하고 있다는 증거였다. 채연이 생각하는 나는 어떤 틀 속에 갇혀 있지 않았다. 그저 자유롭게 몸을 움직이고 무대를 누비는 아티스트였다. 보깅 대회를 준비하는 사람이 보깅 댄서가 아니면 무 엇이겠는가! 채연의 말은 너무나 당연한 평가였다.

나는 무엇도 아니었다. 그저 내가 꿈꿨던 존재일 뿐.

심장을 꽁꽁 둘러쌌던 그림자들이 한순간 툭, 하고 허물어지더니 어둠 속으로 사라졌다. 나는 채연의 목소리를 두고두고 기억하고 싶었다.

누군가 내 뒤에 커다란 불을 지핀 듯이 온몸에 따뜻한 기운이 돌았다. 서둘러 다음 음악을 고르고 거울 앞에 섰다. 나를 수렁에서 건져 준 라이벌의 질투에 부응하고 싶었다.

아직 춤을 멈추기엔 이른 시간이었다. 오늘 하루도, 나의 인생도.

*

봄은 더욱 무르익어 갔다.

자라나는 풀꽃의 허리는 휠지언정 꺾이지 않듯이 나 역시 힘을 내어 하루를 버텨 냈다. 라이벌 채연이 던져

준 말 한마디는 그 어떤 응원보다도 강한 동기가 돼 주었고, 최선을 다해 보깅을 연습했다.

나 역시 지고 싶지는 않으니까.

물론 매일이 균등한 열정으로 가득 찬 건 아니었다. 사장과 집주인 아줌마의 아니꼬운 시선에 고개를 숙이는 날과, 다시 힘을 내 고개를 드는 날이 반복됐다. 그러는 동안 벚나무의 꽃잎들은 누구 하나 빠진 것 없이 전부 기지개를 켰다. 사방으로 쭉쭉 뻗어 나간 꽃잎들이 채운 세상은 아름다웠다.

같이 보육원을 퇴소한 동갑내기 친구 희정은 내가 애인이라도 되는 듯이 팔짱을 끼고서는 여의도 공원을 활보했다.

"이서영이랑 벚꽃을 보다니 억울해애. 올해는 남자 친구가 생길 줄 알았는데."

"우리한테 연애는 무슨…… 돈이나 벌어야지."

희정이 눈을 밤톨처럼 둥그렇게 뜨고는 나의 팔뚝을

내리쳤다. 손이 작고 탄탄해 몹시 매웠다.

"왜 그런 말을 해. 무슨 일 있어?"

"그냥, 힘이 났다가 마음이 꺾였다가 늘 반복이야."

"또 집주인 아줌마가 오지랖 부렸어?"

"그런 것도 있고."

희정은 내가 시무룩해 있거나 말거나 카메라로 벚나무를 찍으며 히죽거렸다. 태평한 모습이 부러웠다.

"어른이라고 다 능숙하진 않더라. 남을 돕는 게 서툰 어른도 있어. 괜찮다면 다음에는 솔직하게 표현을 해 봐. 감사하지만 이런 건 주지 않으셔도 돼요, 정도?"

"내가 말하기 전에 알아서 잘 도와주는 게 좋은 어른 아니야? 그리고 그런 말을 했다가 괜히 더 미움 사면 어떡해."

"우리한테 진짜 필요한 게 뭔지 알 기회 정도는 줘 보자고. 그러고도 상대방이 바뀌지 않거나 더 나빠진 다면, 그때 실컷 미워해도 늦지 않아. 꼭 누군갈 미워해야 한다면, 늦을수록 좋거든. 그리고 얼굴 좀 펴. 나 너한테 좋은 소식 가져왔는데!"

희정이 크로스백에서 전단 하나를 꺼내 보여 주었다. 희정의 집 근처에 위치한 작은 아동 댄스 학원에서 보조 강사를 구한다는 전단이었다. 시급이 고깃집 알바보다 세고, 근무 시간도 여유가 있었다. 희정은 원장이 옥외 게시판에 전단을 붙이는 것을 보았다고 했다. 아동을 지도할 수 있는 젊은 댄서를 찾고 있었다며, 중고등 대회에서 입상한 경력이 있는 나라면 잘할 수 있을 거라고 격려했다. 나는 감히 내가 춤으로 돈을 벌수 있을까 하는 걱정이 들었다. 또한 고깃집 사장의 멸시가 겹쳐 선뜻 전단을 잡을 수 없었다.

희정이 내 어깨를 세게 두드렸다.

"시작하기도 전에 자기 검열하지 마."

"우리를 이유 없이 미워하는 사람들이 많으니까. 겉으로는 아닌 척해도……."

"얼마나 우습니? 등을 돌려 버리면 그만인 사람들이 잘 알지도 못하면서 우리를 미워한다는 게."

"그래도…… 도전했다가 괜히 미움받고 잘리면 어떡해? 겁이 나."

"일을 하다가 잘하지 못하면 잘릴 수도 있지. 누구나 마찬가지야. 하지만 남들이 하는 건 너도 다 할 수 있어."

어깨에 올려진 친구의 손이 어른의 것처럼 듬직했다. 희정은 방금 찍은 벚꽃 사진이 역대급으로 예쁘다며 휴대폰을 내밀어 보여 주었다. 팍팍한 환경에 굴하지 않고 피어난 생명이 화면에 꽉 들어찼다. 희정의 미소 또한 갓 튀겨진 팝콘처럼 부풀었다. 따뜻한 아이였다.

세상은 지뢰와 꽃이 섞여 있는 들판 같구나.

쭈뼛거리며 학원을 찾아간 나는 준비한 댄스 퍼포먼스를 보여 주었다. 원장은 나의 춤이 보깅 쪽에 특화돼 있긴 하지만 기본기가 있으니 일단은 함께 일해 보자고

제안했다. 그녀는 경력자보다 학원과 같이 성장할 수 있는 댄서를 뽑고자 했는데, 마침 내게 딱 맞는 자리였다. 항상 내 마음대로 흘러가 주지 않는 삶에도 가끔은 감사한 일이 생기네, 참으로 오랜만에 살아 있어 좋다고 생각했다.

물론 고깃집 사장은 이 소식을 무척 싫어했다.

"다음 주까지만 하고 관둔다고?"

"사정이 있어서요. 죄송합니다."

"아휴, 이래서 너 같은 애들이 싫어. 끈기가 없다니깐! 나는 괜찮은데 너 어디 가서 그렇게 쉽게 일 그만두면 욕먹어. 내가 너 엄마 아빠 없이 혼자 산다고 해서 편의 봐준 거 알아 몰라?"

사장이 봐준 편의는 무엇이었을까. 다시 두 손을 모으고 고개를 숙인 채로 기억을 더듬었다. 실수했을 때 '다 널 위해 하는 말'이라며 힐난한 것이 편의였을까? 아니었다. 그럼 요청한 적 없는 다 시든 쌈 채소를 가져가 먹으라고 했던 게 편의였나? 그것도 아니었다.

사장은 제 발로 나가겠다는 말이 무척이나 괘씸하다는 듯이 어깨를 들썩거리며 씩씩거렸다. 마치 내가 큰 배신이라도 한 것처럼. 그는 처음부터 지금까지, 나를 한 번도 자신과 동등한 존재로 인정해 준 적이 없었다.

그 시혜적인 마음은 선의도 편의도 아니었다. 자신의 틀에서 벗어나면 단호하게 비난하는 마음일 뿐이었다.

만약 지금 이대로 고개를 숙여 버리면 나는 원치 않게 영원히 이 순간을 기억할 거고, 사장을 미워하게 된다. 타인을 미워하고 싶지 않아. 그건 괴로운 일이니까. 희정은 솔직하게 표현해 본 뒤에도 상대가 바뀌지 않는다면 그때 미워해도 늦지 않다고 했었지. 생각해 보면 나는 아직 한 번도 솔직하게 말해 본 적이 없다.

사장을 미워하지 않기 위해 나는 사장이 싫어할 말

을 뱉어야만 했다.

"사장님 제가 많이 미우시죠?"

"뭐래, 내가 쓴소리 좀 했다고 그래?"

"저를 생각한 말이라고 하셨지만, 사실은 절 좋게 보지 않으시는 거 언제나 느끼고 있었어요. 사장님의 시선과 상관없이 저는 최선을 다해서 일했어요. 그것만큼은 알아주셨으면 좋겠어요."

너무나 당연하게도 사장은 괄괄하게 날뛰었다. 그는 당장 꼴도 보기 싫으니 오늘까지만 일하고 내일부터 얼씬도 하지 말라며 나를 내쫓았다.

요즘은 살기 좋은 시대래, 모든 사람이 동등하게 대우받잖아, 함부로 다른 사람을 차별하지 못해, 나는 그런 말을 믿지 않았다. 편견과 박해는 언제나 보이지 않는 귀퉁이에서 이뤄졌다. 모두가 같은 시대를 살고 있지만 우리의 세상은 똑같지가 않았다.

하지만 나는 더 이상 상처받지 않기로 했다. 나를 그

저 '나'로 인정해 주는 사람들은 어딘가에 반드시 있을 테니까. 누군가를 멋대로 미워하는 사람들이 나쁜 거란 걸 아니까.

채연과 희정, 그리고 내게 기회를 준 학원 원장을 떠올렸다. 내 세상에 있는 모두가 다 나쁜 사람인 건 아니었다. 나를 미워할 자격이 없는 사람들에게 나는 쉽게 상처를 허락하지 않기로 했다. 비록 현실에서 바뀐 건 아무것도 없지만, 마음을 어떻게 먹느냐에 따라서 세상은 달리 보였다.

잠깐이나마 당당해진 스스로가 대견했다.

*

힛더볼 당일. 야외무대를 둘러싼 관중들은 예선부터 결선까지 쉬지 않고 자신의 친구에게 응원을 보냈다. 똑같은 티셔츠를 맞춰 입고서 소속 크루원을 응원하는 무리도 있었다.

"홍채연, 파이팅!"

토너먼트는 늦은 오후가 돼서야 결선까지 도달했다. 대다수의 예상대로 나와 라이벌 채연의 대결이었다. 채연은 참가한 댄서 중 응원하는 친구들이 가장 많았다. 의식하지 않은 척 몸을 풀면서 무대 밖 군중을 빠르게 눈으로 훑었다. 나를 응원하는 사람은 누구도 없었다. 결선까지 올라온 댄서라고 하기에는 티가 날 정도로 혼자였다. 하지만 이런 순간이 낯설지는 않았다. 항상 이랬고, 오늘도 다름없을 뿐이다. 응원이 없다고 춤을 추지 못하는 건 아니니, 개의치 않고 준비한 모든 걸 보여 줘야만 했다.

심사 위원은 총 다섯 명이었고, 한 턴씩 독무를 선보인 후 마지막에 동시에 춤을 추는 형식이었다. 단순히 춤만 잘 춰서는 심사 위원의 마음을 움직이지 못했다. 응원을 보내는 관중과의 호흡도 중요했다. 실력과 더불어 이 순간을 진실로 즐기지 않으면 이길 수가 없는 대결이었다.

"잘 부탁해. 지난번처럼 봐주지 마."

"봐준 적 없어. 지난번에도."

"그럼 오늘은 내가 이기겠네."

채연이 당당하게 웃으며 손을 내밀었다. 경기 전 관습처럼 나누는 악수이지만 오늘따라 채연의 손이 더 뜨겁게 느껴졌다. 자신을 응원하는 수많은 이들 앞에서, 가장 화려한 피날레를 준비하는 기분이 어떨까. 중고등 대회보다 훨씬 더 성장한 채연과 결선을 치른다는 사실은 나를 당연히 긴장하게 했다. 가만히 서 있어도 아랫배에 힘이 꽉 들어갔다.

음악은 내 마음이 정리되길 기다려 주지 않았다.

곧바로 채연의 턴이 시작됐다. 지역 센터에서 봤을 때보다 동작이 깔끔해졌다. 프리스타일임에도 곡을 해석하는 실력이 뛰어났다. 채연이 개인기를 선보일 때마다 관중은 환호를 터트렸다. 알맞은 온도의 바람이 무대 위로 불어왔다. 채연은 박자를 쪼개며 무대 위를 헤집었고 라이벌의 춤은 자유로운 고양이와 용맹한 호랑이 사이를 넘나들었다. 관중은 리듬에 따라 박수로 호응하며 춤을 완성했다. 무대와 무대 밖의 영역이 열기 속에 허물어졌다. 부정할 여지없이, 훌륭한 실력이었다.

무수히 많은 이들이 두 팔을 높이 들어 올려 존경을 표했다. 곡을 묻어 버릴 만큼 커다란 박수갈채가 쏟아지기도 했다. 채연은 행복에 젖은 얼굴로 마지막 동작을 마쳤다. 공연을 끝낸 마돈나와 채연의 얼굴이 닮아 보였다.

곧바로 턴은 내게 넘어왔다.

나는 이미 압도된 상태였다. 자신을 가두는 창살 없이 자유롭게 비상한 채연의 춤은 나무랄 데가 없는 보깅이었다. 나 역시 음악 시작에 맞춰 천천히 동작을 끌어 올리며 춤을 이어 갔지만, 이미 온몸에는 패배감이 전류처럼 흘렀다.

'모두가 채연의 우승을 원하고 있는 건 아닐까.'

눈앞에 채연의 친구들이 보였다. 누구도 내게 비난을 보내지 않지만, 그들이 진심으로 응원하는 게 내가 아니란 생각이 들었다. 당당하게 살자고 마음을 먹어도 중요한 순간이 오면 자꾸만 바람 빠진 풍선이 됐다. 보깅 댄서라는 걸 인정받았지만 아직 나는 완전한 자유를 얻지 못했다.

'이게 아닌데……'

채연을 응원했던 것과 동일한 바람이 내게도 불어왔다. 그러나 분위기가 사뭇 달랐다. 개인기를 수행하지 못했고 곡의 리듬을 자꾸만 놓쳤다. 인생에서 가장 소중한 순간을 망치고 있었다.

무엇 때문이지.

관중 속에 집주인 아줌마는 없었다. 고깃집 사장도

존재하지 않았다. 이 무대는 나와 채연에게 동등했다. 그러나 온몸을 홀가분하게 펼치지 못했다. 어딘가에 묶이지 않고 자유롭게 춤을 추고 싶어 보깅을 선택했으면서 나는 무언가에 계속 갇혀 있었다. 끈질기게 내 발목을 놓지 않는 사람, 당당해지려는 나를 자꾸만 막아서는 존재.

그건 어쩌면 나 자신이었을지도 모른다.

"이서영 파이팅!"

군중의 가장 바깥에서 자그마한 플래카드가 보였다. 거기엔 헐레벌떡 뛰어온 희정이 있었다. 내 몫의 응원은 없을 거라 생각했는데 뒤늦게 지원군이 도착했다. 숨이 찼는지 갈라지는 목소리로 나를 응원하는 희정의 얼굴에 기쁨이 차 있었다. 사람들 또한 박자에 맞춰 계속 박수를 이어 갔다.

희정과 눈이 마주쳤다. 땀이 났는지 앞머리가 이마에 잔뜩 달라붙어 버린 모습이 웃겼다. 나름대로 열심히 플래카드를 흔들어 응원하는 중이었다. 그 모습이 귀엽기도 하고, 고맙기도 했다. 긴장이 조금씩 풀려 갔다.

'남들이 하는 건 너도 다 할 수 있어.'

희정이 해 줬던 말이 떠올랐다. 남들이 할 수 있는 건 나도 할 수 있을까. 누군가 이 대회에서 우승하고 명예를 차지해야 한다면, 그게 내가 돼도 괜찮을까. 찬란한 영광이 라이벌의 몫으로 돌아가지 않게끔 감히 최선을 다해도 될까.

춤을 출 때 나는 홍학이 되고 싶었다. 그러다가 독수리로 날아오르고 싶었고, 가끔은 토끼처럼 둥글어지고 싶기도 했다. 나는 뭐든지 되고 싶었다. 어떤 이름에도 갇히고 싶지 않았다. 그러려면 가장 먼저 내가 나를 놓아줘야만 했다.

묵은 마음들로부터 날아오르자.

팔과 다리에 더 힘을 주고 움직였다. 아직 보여 주지

않은 게 많았다. 힛더볼 대회에서 패배할 수도 있지만, 적어도 준비한 걸 보여 주지 못한 채로 패배해선 안 됐다. 최선을 다하고 싶었다. 다시 음악에 집중했다. 누군가 나를 응원하고 있다는 사실을 기억한 채로 순간에 임했다. 준비한 개인기를 아낌없이 펼치자 관중은 차별 없이 환호를 보내 주었다.

이윽고 곡이 바뀌었다. 채연이 무대 중앙으로 다시 들어와 경쟁을 이어 갔다. 채연은 시종일관 당당했다. 나 역시도 주눅 들지 않고 당당하게 몸짓을 과시했다.

눈앞에서 춤을 추는 채연과 나는 달랐다. 나는 언제나 똑같은 모습으로 당당해질 순 없었다. 어떤 때에는 말 한마디에 용기를 얻어 당당해졌다가, 또 어떤 때에는 좌절해 한없이 위축됐다. 바람이 빠지고 부풀기를 반복하는 풍선이었다. 그러나 중요한 것은 그럼에도 불구하고, 이 순간 내가 부럽게 바라봤던 라이벌과 한 무대 위에서 대등하게 춤을 추고 있다는 사실이다. 열심히 갈고 닦아 온 춤을 치열하게 선보였다.

가끔 마음이 꺾여도, 포기하지만 않는다면 지금처럼 춤을 출 수 있다.

채연의 말대로 우리는 그저 댄서일 뿐이니까.

뜨거운 결선 무대가 끝났다. 음악이 끝난 후에도 희정은 계속해서 나를 응원했고, 관중의 환호성 역시 식지 않았다. 심사 위원들은 약간의 뜸을 들인 후에 서로의 판정이 향하는 쪽으로 손을 뻗었다.

결과는 3대 2, 나의 승리였다. 채연의 크루들은 아쉬움에 탄식을 뱉었다. 그러나 나를 비난하지는 않았다. 채연 역시 아쉬운 얼굴로 어깨를 털썩 떨어트렸지만, 이내 나를 향해 박수를 쳐 주었다. 나는 희정을 향해 주먹을 꽉 쥐고선 승리의 세레모니를 취했다.

이번에는 내가 먼저 채연에게 다가가 손을 내밀었다. 서로 다른 얼굴로 손을 맞잡았지만, 관통하는 열기만큼은 동일했다. 채연이 개운한 숨을 뱉으며 말했다.

"축하하지만 솔직히 분해. 다음엔 꼭 내가 이길 거야."

채연에게 정말 고마웠다. 나를 자극하는 라이벌이 돼 주어서, 나를 동등한 존재로 생각해 주어서. 만약 채연이 없었다면 일찍 좌절했을지도 모른다. 나를 아프게 하는 동정보다, 있는 그대로 인정해 주는 그녀의 질투 덕에 나는 해방감을 느꼈다.

수용할 수 있는 값진 마음이었다.

"너라면 날 얼마든지 미워해도 좋아."

하늘에는 저녁이 찾아오고 있었다. 그 아래 거리에선 바람이 불 때마다 커튼처럼 벚꽃잎이 나부꼈다.

무대 밖에는 무수히 많은 내일이 있다. 그 내일이 언제나 화창하지만은 않을 것이다. 때로는 냉혹한 돌풍이 몰아치고, 마음을 얼어붙게 하는 눈발이 쏟아질지도 모른다. 그래도 나는 힘을 내 보기로 했다.

우리가 어디에 있든지 봄은 오니까.

당신도 봄입니다.

전작 〈남의 썸 관찰기〉를 집필할 때는 학생들과 인터뷰를 진행하고, 살아 있는 취재를 하며 작품을 완성했습니다. 하지만 〈열아홉의 봄〉은 그럴 수 없었습니다. 행여나 보호 종료 청소년의 삶을 묻겠다는 저의 질문이, 질문 그 자체로 상처가 될 수 있기에.

이 작품은 그들의 삶에 달라붙지 않고, 한 걸음 뒤로 멀어지되 더 열심히 자료를 모아 구상했습니다. 비록 단편이라 스토리 플롯은 단순하고, 결말도 스펙터클하지는 않지만 꼭 하고 싶은 말을 담았습니다.

저는 어린 시절부터 어머니 없이 자랐습니다. 어른들은 그런 저를 '불안정한 가정의 딸'로 인식하여 쉽게 동정했습니다. 그 마음 밑에는 때때로 악의가 있어, 저를 위한다는 말이 제게 가장 큰 상처가 되기도 했습니다. '어련히 불쌍하겠지' 납작한 판단은 자라나는 청소년에게 평생의 흉터가 됩니다.

보호 종료 청소년에 대한 제도적 정책이라면, 다행히 여러 기관에서 논의가 이뤄지고 있습니다. (서울시, 2023년 기준 1인당 자립정착금 1,500만원 책정) 느린 속도지만, 더욱 나아지리라 믿고 싶습니다. 그러나 개인의 시선은 제자리인 것 같습니다. 부디 청소년에게 도움을 주되 미워하지 말아요.

서영이의 친구들이 이 글을 읽는다면 항상 당당하게 살아가라 말해 주고 싶습니다. 질투하고 질투받고. 다른 누구와 다를 바 없습니다. 당신도 우리와 동일한 '우리'니까요.

정예